北極熊 Polar bear
北極圈、加拿大、格陵蘭、俄羅斯、挪威與美國阿拉斯加州

北極海
Arctic Ocean

棕熊
Brown bear
歐洲、中亞與北亞

亞洲
ASIA

太平洋
Pacific Ocean

敘利亞棕熊
（棕熊的亞種）
Syrian brown bear
伊朗、伊拉克與土耳其

大貓熊
Giant panda
中國

歐洲
EUROPE

亞洲黑熊
Asiatic black bear
印度、中國、日本與俄羅斯

非洲
AFRICA

懶熊
Sloth bear
印度與斯里蘭卡

馬來熊
Sun bear
寮國、泰國、緬甸與婆羅洲

澳大拉西亞
AUSTRALASIA

印度洋
Indian Ocean

A BOOK of BEARS

熊出沒

全世界的熊都在幹麼？

凱蒂・維格斯——文&圖　　林潔盈——翻譯
Katie Viggers

積木文化

熊出沒
全世界的熊都在幹麼？

原文書名	A Book of Bears：At home with bears around the world
作　　者	凱蒂‧維格斯（Katie Viggers）
譯　　者	林潔盈

總 編 輯	王秀婷
責任編輯	李　華
版　　權	張成慧
行銷業務	黃明雪

發 行 人	涂玉雲
出　　版	積木文化
	104台北市民生東路二段141號5樓
	電話：(02)2500-7696｜傳真：(02)2500-1953
	官方部落格：www.cubepress.com.tw
	讀者服務信箱：service_cube@hmg.com.tw
發　　行	英屬蓋曼群島商家庭傳媒股份有限公司城邦分公司
	台北市民生東路二段141號2樓
	讀者服務專線：(02)25007718-9｜24小時傳真專線：(02)25001990-1
	服務時間：週一至週五09:30-12:00、13:30-17:00
	郵撥：19863813｜戶名：書虫股份有限公司
	網站：城邦讀書花園｜網址：www.cite.com.tw
香港發行所	城邦（香港）出版集團有限公司
	香港灣仔駱克道193號東超商業中心1樓
	電話：+852-25086231｜傳真：+852-25789337
	電子信箱：hkcite@biznetvigator.com
馬新發行所	城邦（馬新）出版集團 Cite（M）Sdn Bhd
	41, Jalan Radin Anum, Bandar Baru Sri Petaling, 57000 Kuala Lumpur, Malaysia.
	電話：(603)90578822｜傳真：(603)90576622
	電子信箱：cite@cite.com.my

封面、內頁設計　曲文瑩
製版印刷　上晴彩色印刷製版有限公司

2020年 4月9日　初版一刷
售　價／NT$ 380
ISBN　978-986-459-224-1

城邦讀書花園
www.cite.com.tw

Contents

熊熊，集合！

這個世界上，
有 8 種不同的熊。

我們從世界各地趕來，是為了要一起完成這本書。

懶熊

棕熊
（棕熊有很多亞種）

大貓熊
（我也是一種熊喔！）

美洲黑熊
（我住在北美洲）

眼鏡熊　　北極熊　　亞洲黑熊
（我住在亞洲）　　馬來熊

美洲黑熊

學名：*Ursus americanus*

美洲黑熊生活在北美洲。
族群數量約為 85 萬隻，
是地球上最常見的一種熊。

美洲黑熊至少有 16 個亞種，
大部分亞種都是黑色的，例如這隻。

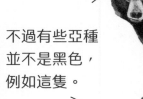

不過有些亞種
並不是黑色，
例如這隻。

冰川熊

學名：*Ursus americanus emmonsii*

由於冰川熊有灰色或銀藍色的皮毛，有時又被稱為「藍熊」。冰川熊非常罕見，只生活在美國阿拉斯加州。

這裡看起來
很適合睡個好覺！

柯莫德熊

學名：*Ursus americanus kermodei*

柯莫德熊看起來就像小一號的北極熊，不過，牠們其實是一種數量非常稀少、披有奶油色皮毛的美洲黑熊亞種。有時候也稱為「靈熊」。牠們生活在加拿大英屬哥倫比亞省。

體型比一比

美洲黑熊可以長到 2 公尺高，體重可以超過 250 公斤，體型只比北極熊和棕熊小，排名第三。

成年母熊　　　成年公熊
幼熊

3m
2m
1m

大部分美洲黑熊一到冬天就會長時間進入深度睡眠。這種行為叫做「冬眠」。牠們會在洞穴、地道與其他隱蔽的地方做窩，並用樹葉把巢布置得舒舒服服的。

有熊出沒
請勿餵食

美洲黑熊一般吃草、果實與堅果，不過只要是牠們「伸掌可及」的食物，大部分都會被牠們吃下肚。

生活在國家公園的熊知道，營地是尋找食物的好地方。只要找得到零食，牠們常常就會當場大吃一頓。

棕熊

學名：Ursus arctos

全世界約有 20 萬隻棕熊。牠們的分布範圍很廣，在北美洲、歐洲北部與亞洲北部都有牠們的族群。

棕熊的亞種約有 15 種。不同亞種的體型大小不一，顏色從淺棕色到接近黑色都有。下面這些都是棕熊的亞種。

灰熊

學名：Ursus arctos horribilis

灰熊的俗名來自英文「grizzly」，是身披灰色毛皮的意思。因為牠們全身的毛皮都有灰色斑點。灰熊生活在北美洲。

敘利亞棕熊

學名：Ursus arctos syriacus

這些熊的體色通常比較淺，是棕熊亞種中體型較小的一種。牠們生活在中東地區。

科迪亞克棕熊

學名：Ursus arctos middendorffi

這是體型最大的棕熊。牠們生活在美國阿拉斯加州的科迪亞克島，有時也稱為阿拉斯加棕熊。

棕熊的肩膀上有大塊肌肉。這讓牠們真的非常強壯。

體型比一比

科迪亞克棕熊體長可達 3 公尺，體重可達 680 公斤，差不多是 6 隻成年大貓熊加起來的重量！這種棕熊亞種的體型龐大，和北極熊非常接近。

成年公熊

成年母熊

幼熊

3m

2m

1m

棕熊很喜歡吃鮭魚，一天可以吃
掉三十隻。但牠們享用鮭魚時，
常常只是把頭吃掉而已。

我們之中也有熊
喜歡用比較文明的
方法來捕魚，例如
釣竿和漁網！

大多數棕熊喜歡用嘴
和鋒利的爪子來捕魚。

亞洲黑熊 學名：*Ursus thibetanus*

亞洲黑熊生活在東亞、南亞與東南亞，分布範圍包括印度、中國、日本與俄羅斯等。目前世界上大約有6萬隻野生的亞洲黑熊。

亞洲黑熊擅於攀爬，會花很多時間在樹上尋找堅果、果實、昆蟲與蜂蜜。

亞洲黑熊有厚重的鬃毛與又大又圓的耳朵。

他們的下巴通常是白色的，口鼻部的顏色往往比身體來得淺。

因為亞洲黑熊的胸部有彎月形的斑紋，所以有些人也將牠們稱為「月熊」。

編註：
台灣黑熊 (Formosan black bear，學名：*Ursus thibetanus formosanus*) 是台灣特有的亞洲黑熊亞種。

亞洲黑熊的上半身有非常驚人的力量。牠們的前腳很強壯，幾乎根本不需要用到後腳就能爬樹。

體型比一比

亞洲黑熊的身高通常不超過2公尺，成年個體體重可以達到200公斤。雖然已經相當重了，不過這只是大型棕熊的三分之一而已。

成年母熊　　成年公熊

幼熊

3m

2m

1m

亞洲黑熊很會站立，並能用雙腳行走。
這種特殊技能稱為「雙足步行」。
當牠們想取得高處的食物，或需要探索環境時，
這可是很有用的技能呢！

我們喜歡用舉重
來鍛鍊身體，
保持強壯。

馬來熊

學名：*Helarctos malayanus*

全世界只剩不到 1 萬隻馬來熊，牠們全都生活在東南亞的熱帶雨林裡。

馬來熊的皮毛很短，能在炎熱的天氣中保持涼爽，又長又彎曲的爪子非常適合扎進狹窄的地方取出蜂蜜與其他美食。

超長的舌頭能從蜂巢裡取出蜂蜜。這種特殊技能，以及牠們對蜂蜜的喜愛，讓馬來熊有了「蜜熊」的綽號。

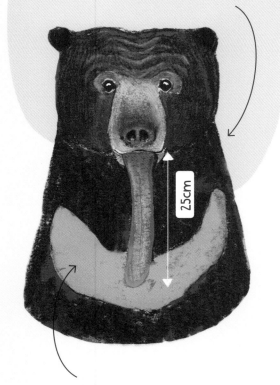

25cm

馬來熊又稱「太陽熊」，這個俗名來自牠們胸前太陽形狀的黃色斑紋。

體型比一比

馬來熊身高約 1.4 公尺，是世界上體型最小的熊。牠們的體重最多 80 公斤，不到美洲黑熊的一半。

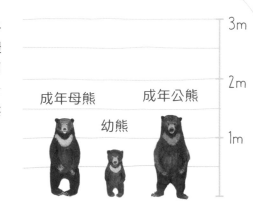

成年母熊　成年公熊
幼熊

3m
2m
1m

馬來熊生性害羞，
喜歡躲在樹叢間
享用蜂蜜。

牠們體型小，適合攀爬，
還有長長的舌頭，這些都意味著
牠們非常適合這種消遣。

如果你不想爬樹，
去超市買一罐
蜂蜜就好了。

也可以自己養蜂，
製造蜂蜜。

蜜蜂

懶熊 學名：*Melursus ursinus*

目前世界上約有 2 萬隻懶熊，牠們生活在印度與斯里蘭卡的森林與草原中。電影《與森林共舞》（*The Jungle Book*）中的巴魯（Baloo）就是一隻懶熊。

母懶熊是熊族中唯一會讓小熊騎在背上、背著牠們走動的成員。

一旦懶熊用爪子在白蟻巢上開了個洞，牠就會把嘴唇貼上去，盡其所能地將白蟻吸出來吃掉。這種熊很聰明，甚至可以把鼻孔關起來，以免小蟲爬上鼻子。

牠們可以用又長又彎曲的爪子破壞白蟻巢與蜂窩。

請記住
一件重要的事──

懶熊不是樹懶（Sloth）。

牠們只是名字裡都有一個「懶」字而已。雖然叫做懶熊，但牠總是很努力尋找白蟻好填飽肚子。

白蟻吃到飽

懶熊喜歡吃螞蟻，以及生活在硬土堆裡的小型昆蟲：白蟻。懶熊一天可以吃下好幾千隻白蟻。

體型比一比

懶熊身高可以長到 1.8 公尺，體重可達 140 公斤。牠們是體型第二小的熊。

成年母熊　　　成年公熊

幼熊

3m

2m

1m

莎莉的懶熊沙龍

懶熊的皮毛很長，全身毛茸茸的，看起來有點邋遢。牠們的臉上有厚重的黑色皮毛，看起來很像鬍毛，忙著從泥土中把昆蟲吸出來的時候，可能會搞得髒兮兮的。

所以我們有時候會去沙龍理個毛，修剪一下。

大貓熊 學名：*Ailuropoda melanoleuca*

大貓熊也是熊！牠們生活在中國中部山區又冷又濕的竹林裡。目前野生大貓熊的數量可能低於 2000 隻，牠們是所有熊裡面數量最稀少的一種。

大貓熊著名的黑白皮毛，很容易辨認。

大貓熊有一個亞種，叫做秦嶺大貓熊（Qinling panda），毛色是棕、白相間，而不是黑白。

小貓熊（Red panda）與大貓熊同樣都很喜歡吃竹子，不過牠們並不是同一科的動物。小貓熊和浣熊的親戚關係比熊來得近。

體型比一比

大貓熊體型不大，身高可以長到約 1.8 公尺。比較大隻的公大貓熊，體重可能超過 120 公斤，約是美洲黑熊的一半。

成年公熊

成年母熊

幼熊

3m

2m

1m

大貓熊喜歡吃竹子。
牠們生活在濃密的竹林中，
如此一來，就可以被美食圍繞。

大貓熊一天至少會花上
十二個小時嚼食竹莖。

我們也有其他嗜好，
例如玩躲貓貓。

眼鏡熊 學名：*Tremarctos ornatus*

眼鏡熊是南美洲唯一的原生熊類，目前野生眼鏡熊的數量不到 2 萬隻。

牠們主要居住在安地斯山脈，所以又被稱為「安地斯熊」。

眼鏡熊的名稱來自其眼睛周圍狀似眼鏡的斑紋。

眼鏡熊是現存唯一一種短臉熊，其他七種熊的鼻子都比較長。

眼鏡熊的吻部（口鼻部）相當扁平。

在距今 50 萬至 200 萬年前，有一種熊是現今眼鏡熊的祖先，名叫細齒巨熊（學名：*Arctotherium angustidens*），牠們的活動範圍遍及全球。細齒巨熊體型非常巨大，身高可達 3.3 公尺！

你能說出南美洲著名的熊嗎？

手提行李

易碎物品

體型比一比

眼鏡熊身高可達 2 公尺。成年公熊體重可達 200 公斤，大約是母熊的 2 倍。

成年母熊

成年公熊

幼熊

3m

2m

1m

北極熊

學名：*Ursus maritimus*

北極熊生活在北極地區。北極地區是圍繞著北極的冰雪嚴寒之地。目前，野生北極熊約有2萬隻，大多生活在加拿大、格陵蘭、俄羅斯、挪威與美國的阿拉斯加州。

北極熊非常適應寒冷的環境。

厚重的白色皮毛能保溫，也能與周圍白雪覆蓋的環境融為一體。這讓北極熊能在不被發現的情況下接近牠們的獵物。

絕佳的嗅覺讓牠們能追蹤到遠處的獵物。

北極熊喜歡吃海豹，也非常擅長捕捉海豹（這對海豹來說，真是太不幸了）。北極熊會守在水邊或是冰洞上方，等到海豹出現時突然撲過去，將海豹抓住。

北極熊很有耐心，每次打獵都可以靜靜等上好幾個小時。

大腳（寬度可達30公分）讓牠們能在冰雪上行走，也能快速游泳。牠們的腳底甚至有長毛以幫助禦寒，腳掌上有許多小隆起，提供額外的抓地力。

北極熊有白色的皮毛，不過底下的皮膚其實是黑色的。黑色皮膚能吸收陽光，讓牠們感到溫暖舒適。

體型比一比

北極熊身高可超過3公尺，體重可達700公斤。牠們不但是體型最大的熊，也是陸地上最龐大的食肉動物。成年公熊的體重可達馬來熊的10倍！

成年公熊

成年母熊

幼熊

3m

2m

1m

試著戴上呼吸管與潛水鏡，找找海豹在哪裡。

北極熊擅長偷襲獵物。
長長的脖子讓牠們能在游泳時把頭伸出水面，觀察環境。

開動

所有的熊都有
一個共同點，
那就是「愛吃」。

熊在各種地方都找得到食物，
牠們的飲食習慣取決於居住地、季節、
以及牠們的爪子能抓到什麼。
不過，大多數的熊都有一道特別喜歡的菜。

棕熊尤其愛吃
鮭魚和莓果，
不過，不一定
要一起吃。

馬來熊喜歡任何
有蜂蜜味的東西，
包括蜂巢、蜜蜂，
以及──蜂蜜。

懶熊喜歡許多不同
的食物，包括水果、
昆蟲與蛋，不過牠
們真正喜歡的是一
大堆白蟻。

大貓熊只喜歡
吃竹子，牠們
可以連續吃上
好幾個小時，
從來吃不膩。

HONEY

美洲黑熊喜歡
吃草、莓果和
堅果。

北極熊喜歡吃
海豹。千萬別
告訴海豹喔！

眼鏡熊喜歡野果
和堅果。動物園
裡的眼鏡熊則特
別愛吃橘子。

亞洲黑熊也愛
吃水果，若能
配上一小盤昆
蟲就更好了！

游泳

現存的八種熊全都非常善泳。
有些游泳是為了捕食，有些是為了
交通，有些只是因為游泳很好玩！

然而，有些熊確實比其他熊更愛下水。

北極熊是所有熊類
中最會游泳的，可說是水中的
全能游泳好手，能連續游上 350
公里。牠們可以深潛到大海中，
甚至從水裡跳出來，捕捉躺在
冰上的海豹。

大貓熊雖然會游泳，卻不如
其他熊享受其中樂趣。大貓熊
以竹子為主食，並不需要到水裡
覓食，也不需要游過湖泊和河流
去四處逛逛，因此游泳並不是
牠們的日常活動。

美洲黑熊與懶熊都喜歡
待在水裡，也都是游泳好手。
牠們喜歡捉魚當點心——如果
捉得到的話。

眼鏡熊、馬來熊
與亞洲黑熊也都是
游泳健將。

棕熊喜歡待在水中，
也是游泳高手。牠們會花很多
時間在河裡捕魚（尤其是鮭魚），
有時候也喜歡泡水放鬆一下。

攀爬

所有熊類都有強壯的腿腳與鋒利的爪子，不過並不是所有熊類都擅長爬樹。有些熊會長時間待在樹上，其他則費盡力氣才能爬上最低的樹枝。小熊爬樹爬得比體型龐大沉重的成年熊好。

熊爬樹的原因有很多，包括尋找食物、躲避其他動物、休息，或是為了在樹上睡覺。

美洲黑熊擅長爬樹。牠們爬樹是為了取得美食，以及在害怕時找地方躲藏。

大貓熊很能從爬樹中找到樂趣，尤其是年幼的大貓熊。

棕熊成年以後體型太龐大，無法爬樹，不過牠們喜歡利用樹幹來好好抓個背。

眼鏡熊、懶熊與馬來熊也是爬樹好手。馬來熊體型小，又有強壯的爪子，讓牠們能毫無阻礙地攀爬。

亞洲黑熊善於爬樹，又大又彎曲的爪子能讓牠們爬得很高。牠們喜歡吃樹枝上的松果，有時甚至會爬到樹上做日光浴。

北極熊生長的地方沒有樹，所以沒有人知道北極熊到底會不會爬樹。成年北極熊的體型龐大，可能無法維持爬樹的習慣，不過小熊幼時或許爬得還不錯吧！

奔跑

熊很少長跑，通常只有在試圖逃離掠食者，或是想嚇唬其他動物的時候才會奔跑。

不過，真的跑起來的時候，有些熊確實可以跑得很快！

棕熊

美洲黑熊

眼鏡熊

大貓熊

北極熊

馬來熊

亞洲黑熊

懶熊

大貓熊與懶熊跑不快，牠們寧可慢慢走！

短距離賽跑時，
棕熊和美洲黑熊的
速度都非常快。
牠們跑得比人類快多了。

冬眠

每到冬天，有些熊會冬眠。冬眠是指動物在一年中最冷的幾個月裡做窩睡覺，可以連續睡上好幾個月。這讓牠們在周圍沒有太多食物可以吃的時候節省能量。

並不是所有的熊都會冬眠。馬來熊與眼鏡熊生活在溫暖的地方，所以不需要冬眠。懶熊到冬天會躲在洞穴裡，不過並不會真正進入冬眠。山區變冷的時候，大貓熊會移居到海拔較低、比較溫暖的區域。

這麼說來，會冬眠的熊只有四種——

亞洲黑熊

並不是所有亞洲黑熊都會冬眠，會冬眠的包括懷孕母熊，或是生活在寒冷地區的亞洲黑熊。

棕熊

棕熊通常在十月到隔年五月間冬眠。

牠們常會在斜坡上做窩，建造一條通往更大睡眠空間的小隧道。

美洲黑熊

大多數美洲黑熊都會冬眠，尤其是生活在寒冷環境中的美洲黑熊。牠們會在樹木或灌木叢的岩石下做窩，舒舒服服地安頓下來，一直睡到春天才醒來。

北極熊

只有懷孕的母熊才會冬眠。牠們會在小熊出生，並成長到幾個月大以後，才甦醒復出。

北極熊在積雪的斜坡裡挖洞做窩。這個窩有一個入口通道，以及一個特別的氣孔能讓空氣流通，這樣牠們就能更輕鬆地呼吸。雖然是用雪建造的，裡面卻很溫暖！

31

熊熊的未來

有些熊喜歡溫暖的
氣候，不過我比較喜歡
冰天雪地。真希望這些冰雪
都不會融化。

要是竹
子沒了，
我該怎
麼辦！

請保護
我們的
自然棲
息地。

人類有時會讓熊的日子很難過。
例如氣候變遷使地球變得太溫暖，
北極熊就沒有足夠的冰雪，
難以獵捕海豹並在冬季做窩。
如果人類砍伐森林建造城市與農場，
黑熊與棕熊就沒地方可以住了。
我們要保護熊熊生活的家園，
許牠們一個安全的未來。